大人の流儀 名言集
a genuine way of life by Ijuin Shizuka

風の中に立て

―伊集院静のことば―

伊集院 静

講談社

風の中に立て ―伊集院静のことば― 大人の流儀名言集 [目次]

a genuine way of life by Ijuin Shizuka contents

第一章　大人の作法の身につけ方

第二章　大人がしてはいけないこと

第三章

品よく遊ぶために

第四章　風の中に立て

第五章　大人の役目を果たしなさい

第六章

理不尽なことに出逢ったら

第七章　サヨナラが教えてくれること

追悼エッセイ

カバー写真◉宮本敏明
装丁◉竹内雄二

第一章

大人の作法の身につけ方

"身嗜み《みだしな》"でまず必要なのは、体調だ

体調を整えておかなくては、その席で相手に気がかりを与える顔色をしていては失礼だからだ。

顔色からしてそうなのだから、自分の五体を整えねばならない。

髪、髯、爪……匂いにいたるまで整えておく必要がある。これが基本だ。

基本がそうであるなら、服装、髪型、態度は何を基準にするか。

それは清い容姿である。潔《いさぎよ》いかたちを主旨としてすべてを整える。それで十分。

この人から贈られたのか、と
もらって喜ばれる人間になることが先決だ

テーマは大人の贈り物。その人から贈られて嬉しい気持ちになるのなら品物は何でもいいのである。

大切なことは、この人から贈られたのか、ともらって喜ばれる人間になることの方が先決だ。そうでなければ人に何かを贈ることは基本的にしない方がよろしい。

挨拶というものは
まず短いことが肝心である

聞く人に何かを与える（感動と言ってもいいが）スピーチは、名文を読むことではなく、伝えようとする話の軸をきちんと踏まえ、あとは自分の言葉で、いかに誠実、丁寧に語っていくかしかないのではなかろうか。

――あっ、そうか。それでわかった。

何がですか？　私が話が下手な理由である。まず軸というものがなく、誠実、丁寧とはほど遠い所で生きているからである。まあ私のことはどうでもいい。

それでも挨拶というものは厄介であり、壇上などを降りる時に大半の人がしかめっ面になるものである。

挨拶の肝心を少し話す。

挨拶というものはまず短いことが肝心である。光陰矢のごとし、長い話を聞いている余裕はないのである。長い挨拶は、話をまとめて来ないでよくまあしゃあしゃあと話をしているものだ、少し頭が鈍いんではないか、と思われるのが、聞く人は口にしないが、普通である。

次によく聞き取れる声（または発声）でなくてはいけない。志ん生と小林秀雄（文芸評論家）の声がそうである。そうして最後に、これが大切なことだがユーモアがなくてはいけない。

今の政治家のスピーチが面白くないのはその人にユーモアが欠落していることもあるが、政策、政治姿勢にエスプリの入る余地がなくなってしまったからである。

手紙は簡潔がいい。
あとは相手への気遣いが感じられれば、
それで十分

誰だって手紙を書くのは苦手なものだ。

その証拠に、ほんの少し前まで〝代書屋〟という仕事が町内にはあった。

文字が書けないとか、字が上手くないとか、そういう人だけのために代書屋はあったのではない。

代書屋に文面を考えて貰い、それを手本に自分で清書して手紙を出す人も多かった。今ならワープロで打ってもよい。

三年前に立ち寄った名古屋の小料理屋で主人の背後の壁に、代書いたします。と和紙が貼ってあった。

「面白いことをするんですね」

「ええ……、人助けと思って……」

——人助けか、なるほど。

手紙で詫びた方がいい粗相（あやまちのことです）もあろうし、絶縁状などは面と向かっては言い難いだろう。

その主人に手紙の肝心を尋ねた。

「わかりやすい。短い。誠実、ですね」

その代書、一度読んでみたいと思った。

手紙は簡潔がいい。時候の挨拶などはなるたけ短くする。要点だけをまず書き、あとは相手への気遣いが感じられれば、それで十分。それ以外は無用である。

人に文章で何かを伝えたいのなら、〝誠実と丁寧〟が基本だ

「字が下手なんで……」

それは関係ない。一文字ずつ丁寧に書けば十分である。むしろ達筆な文字の方が、その文が安易に思えることは多々あるものだ。女性で達筆な文字を見ると、少し怖いと思う。いろいろあったのかナ、などと想像したりする。

絵手紙というのが流行しているそうだが、あれも自信持って描かれると、ナンダカナ〜。役者で絵を描く人がいるが、あれもヒドイものだ。周囲が上手いなんて言うから、その気になる。絵手紙と一緒で、文がちゃんとしてないから絵がいるのと違うのか。演技だけちゃんとすればいいのに、それができないから、おかしなことするんだろう。

絵は画家、イラストレーターが描くものだ。素人の絵は人に見せてはいけない。

供養でも、偲ぶ折でも
きちんと手を合わせる。
それが大人の礼儀である

私は、あの世というものを知らない。知っているという人がいても、話を聞くつもりもない。ただ世界中の人間の中の、半分近くは、あの世を信じているらしい。近しい人が亡くなり、供養や、その人を偲ぶ機会が何度かあると、あの世はあった方が気持ちのおさめどころがいいようだ。

私は自分が、あの世に行けるとは露ほども思っていないし、行きたいとも思わない。自分がどう生きて来たかは私が一番よく知っている。死んだ後も楽《ラク》ができるはずがない。

地獄なら……。ハイ！　そりゃ仕方ない。そっちの方がたぶん知り合いも多い。かと言って墓参や、寺社へ出かけないことはない。

人の家を訪ねれば、仏壇があれば手を合わさせてもらう。それが礼儀と教わった。わざわざ？　と若者は言うかもしれないが、きちんとしたことはわざわざするものではない。信心は、人の行為の中の最上位にあると言ってもわからぬ人が多かろう。

墓参、もしくは故人に手を合わせるのは
昼までに済ませる

午後になれば時間の吉凶が悪くなる。時刻の柄がよくない。これは守った方がいい。夕刻、墓参りに行くのは年寄りや寺の者に見つかると忌を抱かれる。幽霊も出るしね。

田舎の墓所なら、駅を降りたらまずスーパーの花屋に行き、墓参りの花だ、と言えばいい。高価な花は必要ない。線香も売っている。故人の好みで酒、饅頭を供えるなら、これも安いので結構だ。なぜ、墓前に置いて行くか。それを頼りにしている人、鳥、虫もいるのだ。

どのくらい墓前にいるか。線香が二、三本燃えつきる時間でいい。あとは墓所の風情をよく眺め、覚えておくことだ。

ちゃんと靴が履けるようになるには十年かかる

靴は、男のお洒落の大切なものである。

私は靴の履き方、選び方を、若い時に定食屋の主人から教わった。遊び人だったその人は、私をデパートの靴売場に連れて行き、靴に金を惜しんでちゃ、一流にはなれないぜ、と言われ、月賦で靴を買わされた。

その靴を履いたら、上の身なりがいかにも貧相なのがわかった。ちゃんと靴が履けるようになるには十年かかる、とも言われた。

靴は同じものを二足揃え、休息させてやりながら履くことも覚えた。

新しい靴を下ろした日に、雨が降るのは、あれはどうしたわけだろうか。

大人がふさわしい時計をしている姿を
美しいと思う

人間がこしらえたさまざまなものの中で時計は最高の部類に入るものだと考える。

若い人がちょっと古い時計をしていて、

「味わいのある時計だね」

と言い、

「祖父から貰い受けたものです」

とかえってくると、そこに大人の洒落の神髄のようなものがあると思ってしまう。

かつて私は大学進学のために上京する前夜、父と生まれて初めて一時間以上話をし、最後に、時計を渡された。

古い時計だった。

「時計を見て人を判断する者もいる。大事に使いなさい」

私はその時計を大切に仕舞っておいたが、或る時、どうしても打ちたい競馬があり、近所の質屋に持って行った。

「いかほど御入り用で?」

「五万円あれば」

主人はそっと時計を私に戻して言った。

「五万円どころか、五百円にもなりません」

質屋の帰り道、私は笑い出した。

人生の節目には必ず「言葉」をくれた　近藤真彦（歌手・レーサー）

伊集院さんが亡くなられた後、ステージに立ったのですが、やっぱりキツかったですよ……。伊集院さんからいただいた曲『愚か者』のイントロが流れてきたときは、悲しくて歌えなかった。でも、声が出ない僕の代わりにファンの皆さんが歌ってくれました。

アンコールでは『ギンギラギンにさりげなく』を歌いました。若い頃は「マッチといえば、ギンギラギン」と言われるのが嫌な時期もありました。でも、老若男女問わず僕を知ってくれているのは、伊集院さんのこの曲のおかげ。いまでは感謝しかありません。

伊集院さんとの思い出は尽きません。夜の酒場やゴルフ、旅行には何度も行ったなあ。初めてお会いしたときのことは今でも覚えています。伊集院さんは黒のロングコート姿でした。「僕はここにいるから、湘南に来たら寄りなさい」と「なぎさホテル」のマッチをくれました。キザですよね。

でも僕はまだ16歳の子供だったから、「部屋番号はいくつなんですか」と聞き返してしまったんです。そうしたら「朝まで電気がついているのが俺の部屋だ」とおっしゃったんです。しびれました。なんてかっこいいんだろうってね。真似したこともありますよ。

思い返すと、僕の人生の節目には、必ず伊集院さんが言葉をくれた。母を亡くし、落ち込んでいたら、伊集院さんが「酒でも飲もう」と連れ出してくれました。バーで弟さんを海難事故で亡くされたことを話してくれて、「誰しも別れの悲しみを抱えている」と一晩中、慰めて頂いた。

結婚するときも真っ先に相談しました。周囲に結婚を反対されていることを明かしたら、伊集院さんは「叩き続けなさい」という言葉をくれた。「叩き続けて開かない扉はない。おまえの奥さんになる人の実家のドアを叩き続けろ」と。それで僕は覚悟を決めたんです。

僕も60歳が近くなって、お世辞で「いい歳の取り方をしてますね」と言われるようになりました。「秘訣はなんですか?」と聞かれると、伊集院さんの姿が浮かんできます。真似をしているわけではないけど、どこか憧れている部分があるのだと思います。

僕は伊集院さんに出会ったときからずっと男として惚れていました。あなたがいたから、いまの僕があります。

第二章

大人がしてはいけないこと

〝蘊蓄《うんちく》〟という言葉があるが、
あれも大嫌いである。
品性の欠けらもない

「△△って何のことだかわかりますか?」

「××がなぜああなるか知っていますか?」

という話し方をする人がいる。

私の周囲にはほとんどいない。それは、そういう会話のやり方をすると、私が注意をするからだ。

「君、どこで覚えたかは知らぬが、そういう会話のやり方はやめなさい。訊かれた人がその答えを知らなければ、そんなことも知らないのか、と相手を試しているように聞こえるし、仮に知らないとわかって、君がその答えを話し出せば、まるで君が相手より物事を知っているように見える。そういう話し方は下品で傲慢にしか聞こえない」

大人の男は、それを十分知っていても、「さあ、詳しくは……」と応えねばならぬ時が多々あるものだ。それを待ってましたとばかり喋り出すのはただのガキで、バカである。

「詮方ないことを口にしなさるな」
母は私にそう教えた

それを口にしても、言った当人も聞いた者も、どうしようもないことを大人は口にするべきではないという教えである。

「一度、言葉を嚙んでから口にするものだ」

父はそういう言い方をした。

世の中には、そういう類いの言葉があるものだ。それでも人は切なかったり、口惜しい時にそれを言葉にする。

言、わ、ず、も、が、な、とも言う。

素人《しろうと》が極端に何事かが上手いというのは良くない

上手いとか、人に誉められているとかいう類いのものは、歌ったり、演じたりする者にどこか傲慢さが出る。素人の傲慢さというのは手に負えない。これは地方にいる歴史研究家と称する輩のどうしようもないのと似ている。

人前で泣くことを私は善しとしない。麻雀だってナケば点数が半分になる

私はストレスというものがほとんどない。

小説家なんだから少しは悩みがあって、憂鬱《ゆううつ》な日々を生きるとかすればいいのだろうが、もう死ぬしかないだろうな、とか私という人間は生きている価値すらない、などという感情は二十、三十代にはあったろうが、或る日、妙な声を耳の奥で聞いた。

『よせよせ、バカがいろいろ考えるな』

——そうか、そうですな……。

それ以来は楽になり、周囲からは極楽トンボのごとく呆きれられている。

たまに家人や銀座のネエチャンたちから叱られて、反省三日坊主をするくらいだから、落ち込むということがない。

くよくよすると病気になるという。

それは先日も親友が亡くなり、いろいろ考えたが、そういう感情は自分の内側であれこれすることで表に出すものではない。それが大人である。

私は、おそらく
〝属する〟ことが嫌いなのだろう

なぜそういうことを嫌悪するのか？

〝学校閥〟で言えば、これを成立させているのは一流大学（東大でもかまわんが）の者が大半で、三流大学（何の基準か知らぬが）ではあまり聞かない。同時に一流に属してない人から見ると、排他的であったり、上から見られている嫌な感触があるのではないか。

己の力量でもない傘の下で、雨、風をしのぐのは大人の男らしくない。

ただこれは私の思いで、人間は何かに属していることで安寧を持つ生きものであるのはたしかなのである。

ただそこに属さない人（私もそうだが）から見ると、その集団は、やはり眉根にシワを寄せたくなるのである。

雰囲気だけで生きていては
必ずしっぺ返しが来る

なぜ日本人は投票に行かないのか？

日本人は、この国の将来がどうなるのかを真剣に考えていないのである。いやそれ以前に〝考える〟とは〝真剣〟とは何なのかがわからないのではないか。

自分の希望、自分の声、自分の一票に価値を見つけられないでいるのだろう。

原発にしても、特定秘密保護法にしても、沖縄の問題、尖閣、竹島の問題……を、どうすることが正しいかがわからないのではないのか。

日本人が誇りまで失ったとは言わないが、政治のことを一から考え直し、政治に参加する意味を問わないと、何もはじまらないだろう。

雰囲気だけで生きていては必ずしっぺ返しが来る。スマホを初中後《しょっちゅう》、覗き、さわっている人が、私には、その雰囲気から離れるのが怖いだけのように思える。

大人の酒は、
他人が驚くほど酔ってはイケナイ

豹変というのも困まる。

笑い過ぎ（これは少々イイカ）、浮かれ過ぎ（程度によるが）、怒り過ぎ、さわり過ぎ（これが困まるんだナ）、皆程度を過ぎてはイケナイ。

酔っているのに、酔ってないと主張し過ぎるのもよくない。政治家の嘘と同じだ。

年長者と呑む時に間違いがあってもいいが、歳下や部下とやる時には、酒の上の理不尽があってはいけない。私はこれを守ってきた。

食にかかわることは、
口にするとどこか耳に障るところがある

酒場のカウンターで飲んでいて、この頃、よく耳にする、男たちの或る会話がある。

「あの店は美味いね」

「そうだね。特にあそこの×××は絶品だよね」

この手の会話は聞いていて気味が悪い。

大人が酒場でする話題ではなかろう。

自慢話というのは二流、三流の人間のオハコだから、普段の会話の中に自慢話が出るのはごく一般的なことだ。

食の話には、自分はその店に行ったことがあり、そこで美味いものを食べたんだ。その上、これが美味いとわかる人間なんだ、と言いたげな自惚れが伝わる。

私は食は人であると思っている。
つまり調理人、職人である

美味い。不味いの判断はしない。

——味覚音痴なんですか？

誰に言ってるの？

席に着く店は十年以上続いている。

調理人、職人の顔を見て食べる。だからどこも小店である。その男（女でもいいが）の出すものを信用しているだけだ。酒も、その男が選んだものでいい。間違ったものを選んでいれば、その場で口にする。

「舌の手術でもしたのか。それとも店をやめる気か」

こう言えるのは同年齢だけである。私が通う店の主人は皆年上だから、黙って食べ、飲む。

他所《よそ》の店を知らないから、通っている店が美味いか、不味いかはわからない。だから見知らぬ人は連れて行かない。

それに連れて行って、美味い、美味いを連発されたら、飢饉に見舞われた村から連れてきたのかと思われる。
食べていて、美味い、と言うのは下品である。不味い、というのとかわりはない。
鮨屋を好む。早い。清潔。食材がよく見える。シンプルがよろしい。
調理人、職人と話はしない。唾が飛ぶ。
——ミシュランの星付きの鮨屋ですか?
タイヤ屋に何がわかる。

「こういう人がモテるんだ」と思いましたね

大和和紀（漫画家）

もともと編集者をしていた私の主人が、伊集院さんとたいへん仲が良かったんです。２人はお酒やギャンブルですこぶる気があって、明け方まで麻雀をやったり、全国のいろんな競輪場へ一緒に旅行に出かけたり。前世では兄弟だったのじゃないかしら、と思うほど。私は「これが〝男のつきあい〟なのねぇ」なんて思って見ていましたが、どうやらあの２人は極端な例だったみたい。伊集院さんの病名を知ったときには驚きました。実は、うちの主人も14年前に伊集院さんと同じ、胆管がんで亡くなったんです。病気まで気があわなくてもいいのに。

でも伊集院さんとの思い出を振り返ると、笑っちゃうようなことばかり。

ある日、午後4時頃に私の家に伊集院さんから電話があって、「ご主人はいる?」と尋ねられるわけですよ。「平日の夕方だから仕事に行っていますよ」と答えると「競輪が気になるんだ」って。それで私がテレビをつけて、競輪中継を見ながら「いま○番が捲《まく》った!」「審議になっています」と、電話越しで伊集院さんに実況したことがあります。私も白熱しちゃって。変な話でしょう(笑)。

不思議なご縁ですが、「伊集院静」というペンネームは、私が描いた漫画『はいからさんが通る』のキャラクター「伊集院忍」が由来なんだそうです。でもそれも初めは隠していたんですよ。

私もそういう噂を聞いていたので、伊集院さんに伺ったんです。そうしたら、「違います」と真っ向から否定された。でも何度かお会いして再び問い直したら、観念したのか「そうです」とお認めになった。

伊集院忍は、『はいからさんが通る』の主人公・花村紅緒の相手役です。伯爵・伊集院家の跡取りでドイツ人の母との間に生まれた美男子。たぶん、伊集院さんは照れくさかったんでしょうね。

伊集院さんが作家になる前に勤めた広告会社の社長が女性の方で、『はいからさんが通る』を読んでくださっていた。それで、「作家としてデビューするなら」と、「伊集院」の名前をお薦めになったらしいんです。

伊集院さんがおモテになる理由は一緒にいてよくわかりましたよ。伊集院さんに原作をお願いして、夏目雅子さんの人生をモデルにした『天使の果実』という作品を描きました。うちのスタッフと伊集院さんとでその打ち上げ会をしたときも、7〜8人に常に目を配って、「あなたは、今日はもう飲むのを止めたほうがいい」なんて声をかけていた。優しくて、マメで、「こういう人がモテるんだ」と思いましたね。

できればもうちょっと、伊集院さんとお話ししていたかった。猫を飼い始めた伊集院さんに「ねぇ、猫って可愛いでしょう?」なんて、他愛無い話をしたかったです。いま頃、むこうで主人と楽しく麻雀でもしているでしょう。

第三章

品よく遊ぶために

一見、無駄と思える銭を使いなさい

余裕がない？　なら大人の男であるから懸命に、人の何倍も働けばよいだけのことだ。

人間は銭が手に入った時、どう使うかで、或る器量は計れる。

昔の銀座の遊び人は、銀座に遊びに行くことを〝中に入る〟と言った

他は外なのである。

四十年近く銀座へ通うと、この街だけが持つ底力を見ることがある。

一流クラブは敷居が高いと言うが、それは嘘でもない。何年も通って客が少しずつ馴染みになる慣わしが、かつてはあった。銀座には象徴的なこともある。その折々、一番景気の良い仕事をしている客が幅をきかせる。湯水のように金を使う客を見て、

――そうか、今は不動産屋とパチンコ屋か。

それがやがて、

――ほう、ＩＴ企業が景気がいいのか。

と世相を見ることもできる。

銀座の街が好きである。

この街で働く男も、女も好きである。花売りのオバサンも好きである。

どうして好きなのか？　理由はわからぬ。

私は銀座に育ててもらった。今も同じである。少し授業料は高いが……。

酒の味の良し悪しは、呑み手の心情にある

晩唐の詩人、于武陵《うぶりよう》の『勧酒』と題された詩がある。酒呑みには腹にしみるような詩だ。

原詩の読み下しは以下だ（君に勧む金屈巵《きんくつし》／満酌辞するを須《もち》ひず／花発《はなひら》きて風雨多し／人生別離足る）。唐の時代の詩人はよく酒を呑んだ。だから皆早く死んでいる。井伏《いぶせ》鱒二《ますじ》もよく呑む作家で、ウィスキーをグラスになみなみ注いで、将棋盤の脇に置き、クィーだ。やはり作家はクィーだ。井伏はこう訳した。

コノ盃ヲ受ケテクレ
ドウゾナミナミ注ガシテオクレ
花ニ嵐ノタトヘモアルゾ
「サヨナラ」ダケガ人生ダ

見事なものである。酒呑みにとって、呑む理由はどうでもよいのだが、そこに友との惜別が、人生の別離があれば、その酒は文句無しに味わいが出る。酒は二級で十分。何が大吟醸だ。わかったようなことを言いやがって、コノオタンコナス。

恋は、いつもかつも
夢中でするものでも
探すものでもないよ

後輩の女性が失恋し、恋人を探していると言う。恋愛が、人が好きな性格らしい。彼女と酒場で少し話をした。

「恋は、いつもかつも夢中でするものでも探すものでもないよ」

「だって淋しいんですもの」

「その淋しいという気持ちが実はとても大事なんだ」

「大事？」

「そう。淋しかったり、孤独だったりする時間をしっかり持てた人は、来たるべき相手にめぐり逢った時、その人の良さや、やさしさが以前より、よく理解できるようになる。いい恋人がいるとは、皆、孤独で、淋しい時間、自分は何なのか、を見つめていた人だ」

「でも淋しいです」

「目の前にふらふらしてるのをつかまえると碌《ろく》なことはありません。だいたい目の前をふらふらしてるのは蚊と同じだから」

「どうしたらいいんですか？」

「とっつかまえて叩きつぶしなさい」

恋愛もまた必要以上に、追いかけるな。

本屋がなくなれば、
恋愛もどこか淋しいものになる

人生で何が大切かもわからなくなるだろう。

海外へ取材で出かけることが多かった四十代から五十代の時、訪れた街で必ず本屋を覗いた。

なぜ本屋へ？

本屋に並べてあるものは、その街の文化の程度をあらわしたり、街の人々が何を好んでいるかがわかる。

何度も読んでみると、
身体の奥に、詩の一節が
沁み込むように入る時がある

私は若い頃、教師にこう教わった。

「良い本、良い小説は、一度読み終えてから、十年後、二十年後に読んでみると、初めて読んだ時には発見できなかったものを見つけることができる」

人が生涯で何度か読んだ小説は、やはり良い小説なのだろう。

詩集などはその典型で、何度も読んでみると、ある時、身体の奥に、詩の一節が沁み込むように入る時がある。

それは友人との再会に似て、人も書も、接する側の成長によって見え方、読み方が違うからかもしれない。

家から煙草屋までのひとときでさえ、
人は何かにめぐり逢うものである

一度、どこにも所属しない時間を過ごしてみたまえ。これが案外と難しいことがわかる。初手でやるならホテルの一室でじっと過ごすか、街を理由もなく歩いてみることだ。何かがあるものだ。

作家の吉行淳之介は〝煙草屋までの旅〟と語った。大人の男は近所の煙草屋まで、煙草を買いに出かける行動がすでに旅なのだと粋なことを一冊の本にまとめている。

ゴルフの上手い連中は
大半が性格が悪いし、
傲慢なのが多い

加えて品性がない（何か恨みでもあるのかナ）。

シングルプレーヤーは総じて良いゴルファーでないことが多い。たまにいるが、私はあまり見たことがない。傲慢だ。

——なぜ傲慢なのか。

人が苦労してショートホールで5、6オンをし、身体の砂を払い、汗を拭ってグリーンに上がってくる。そこに汗をかかずパターを手に足なんか組んで、サッとパッティングしバーディーなんかを取る。その行為を平気でできることがそもそも間違っている。人の道に外れている。

そう思いませんか。

ギャンブルに勝つと靴を買うことは、ギャンブル好きなら知っている

なぜ、靴か？

それは靴は身に付けるものの中で長く使うからである。その靴を履く度に、

――あのレースで勝った折の靴だ……。

と長く勝った折の嬉しい気分がよみがえるからだ。それほどにギャンブルは勝てないものなのである。

――勝ってなお足元を引き締める。

と言うギャンブラーもいる。

他人にゴミに映るものが、
或る人にはかがやくものに見える

ガラクタか、そうでないかの基本はここにある。価値観の差だ。

仙台の仕事場からキッチンへむかうとわずかな廊下があり、その脇の棚にガラクタが並んでいる。木片、大小の石、木の実、表皮が擦りへった野球ボール、陶製の漁師の人形、……どれも使い道はない。この三十数年間の海外旅行の際、ポケットに仕舞って持ち帰ったものだ。後半はほとんど、バカ犬の土産品だったが、木片など鼻を近づけ横をむく。

「バカだね、おまえは。この良さがわからないようじゃ、犬としての情緒がないんだぜ」

追悼エッセイ③

誰も歩いたことのない道を、ひとり歩いていました

前原雄大（プロ雀士）

伊集院さんとの出会いは、私が30歳を過ぎた頃でした。『週刊大衆』主催の麻雀名人戦を観戦していたとき、そこに伊集院さんが参加してらっしゃったんです。これまで何十万人の麻雀を見てきましたが、プロの私たちでさえなかなかできない打ち方で麻雀に向きあわれていたので、心底驚いたのをよく覚えています。

登山に例えると、普通の人は易しいルートを選ぶ中、一人一番険しいルートを登っていくような麻雀でした。誰も歩いたことがなかったし、歩き方もわからなかった道を伊集院さんだけが歩いていた。「ああ、こういう登り方があるんだ」

と感動し一目ぼれ。「この人を知りたい」という思いから、伊集院さんとのお付き合いが始まりました。年に150日もご一緒していた時期もありましたね。

私が「こんなによくしてもらって、返すものがありません」と言ったとき、「それは下に返していけばいいんだよ」とおっしゃいました。伊集院さんは阿佐田（哲也）先生にとてもよくしてもらったそうなので、その恩返しがしたくて、私をかわいがってくれたのかもしれません。

35〜36歳の頃、伊集院さんから「30代で鳳凰位をとりなさい。もしとれなかったら、麻雀プロを辞めなさい」と、言われました。鳳凰位というのは、私たち麻雀プロの業界では最高のタイトルです。そのとき私は、「わかりました。もしタイトルがとれなかったら、麻雀プロを辞めます。ただ、お金は要らないので伊集院さんの運転手をさせてください」と答えました。

その後なかなかタイトルに手が届かず、39歳になったときにチャンスが巡ってきました。決勝の初日が終わると、伊集院さんは「ちょっと勉強しにいく」とおっしゃって、仙台から上京され、試合会場付近の雀荘で麻雀をなさっていました。私を応援する気持ちで来てくださったんだと思います。阿佐田先生も、麻雀を打つときはよく「一緒に勉強しよう」とおっしゃっていたそうです。そして、私の優勝が決まると、「雄大が鳳凰位のタイトルをとったので」と、そのとき雀荘にいたお客さん全員にお寿司をご馳走したそうです。

もう二度と伊集院さんとご一緒できないと思うと本当に悲しいです。

第四章

風の中に立て

吹いてくる風が頬や胸板にあたるなら、
むかい風に立っていることを学びなさい

目の前に登り坂と下り坂があったら、一度は（いや二度でも三度でも）自分から選んで登り坂を歩きなさい。

どうしてそんな辛い、苦しいことをしたほうがイイと言うのか。変でしょう？

でも登り坂を歩きながら、少しだけ息苦しさもある中で、もう一歩、いやもう一歩登ってみましょう。きっと何かが、そこにあるかもしれないから……。

むかい風に立っていると、誰かの声が聞こえる時があるそうです。

「頑張れ。少し見えづらいが、目を開いてごらん。何が見えますか？」

見えたものは十人十色、皆違っているそうです。でもたしかに何かが見える気がします。

私たちの生きていく道は、やってみなければ見えないもの、出逢うことがないものがたくさんあります。

何もモッテナイ、のが若者であり、
だから懸命に踏ん張り
何かを得るのが世の中だ

私も仲間も何ひとつ手の中にはなく、それでも何とかできたのは、何もモッテナカッタからに他ならない。人が人を敬うのは、その踏ん張りであり、人が人を蔑視しないのは、それを知っているからだ。

人生というものは
総じて割には合わないものだ

そういうことを平然と受け入れて生きるのが大人の男というものだ。

じゃ周囲を見回して、大人の男たちがきちんと生きているか。

――だろう……。

まともなのは十人に一人か二人だ。

この頃は世の中がおかしいから？　そうじゃない。昔からまともな大人というものはごくわずかしかいないのが世の中なのだ。

大半の大人の男は、こう思っている。

――私はいつ大人になったんだろうか。ただ生きてきたらいつの間にか周囲が大人扱いをしていた。

これがおそらく本音だろう。

しかしいつまでも、そんな甘い考えではいけない。馴れ合いで生きてはいけない。

人間は木から落ちた小枝ではないのだから流れに身をまかせて生きてばかりでは淋しい。

人はどこかで己と対峙し、自分を取り巻く、世界と時間を見つめ、自分は何なのかを考えてみるべきだ。

——そう言われても何からはじめれば？

だから、まず個、孤独の時間。独りになる時間と場所をこしらえ、じっとすることだ。

チャラチャラしても生きてるのが人間なのだから、それは少し止めるんだ。

私が旅に出なさい、と言うのは、
旅をすればさまざまなことに
出逢えるからである

歩くことは何かに出逢うことである。ひとつ所にじっとしていて何かがむこうからやって来ることなど決っしてない。葡萄の実のひとつにしても、手を差しのべていなければ、たわわに実った葡萄の房《ふさ》は手の中に落ちて来ない。

歩くことはまた、よく考えることができる時間でもある。

私が若い人たちに、旅に出なさい、と言うのは、旅をすればさまざまなことに出逢えるからである。たしかにスマホをかざせば、遠い国での出来事に目の前で接しているように思えるが、それは画面の中でうごめくただの情報でしかない。

人間のぬくもりや、嘆き、怒り、歓喜、失望というものは、自分の目で、五感で捉えねば、喜怒哀楽の底にあるものが見えない。

私が言う、旅に出よ、ということには必須の条件がある。

それは一人、独りで行くことである。

〝孤独に慣れよ〟が私の考えだ。友だちと伴に生きるのは大切だが、それ以前に、まず独りで行動することが肝心だ。

孤独になれば何があるのか？　それは自分というものを見つめる時間を得るということだ。

一度ならず
逃げ出した経験を持つことは
悪いことではない

人は誰もスーパーマンではないのだから、逃げ出してしまう時もある。

私はむしろ、そういう心境を味わうことをしてみることだと思う。それがどんなものかを自分でたしかめた方がイイ。

それを知らない人より、それを一度知った人の方が、少しだけ前進をするはずだし、もしかしたら、少しだけ以前より強くなっているかもしれない。

私も若い時に、逃げ出したことは一度ならずある。それが何をしようとした時かはもう忘れてしまったが、自己嫌悪も感じた。

一度ならずと書いたが、私の経験では、そういうことのくり返しをするのが、私たちだと思っている。

誰も引っ張ってくれない行動の中にだけ、
人生の鍵が隠れている

スマホの中には何があるのか？
データがあるだけでしかない。そのデータを或る種の答えと錯覚している人間が大半である。検索は、押す作業と引っ張って行かれる作業をしているだけのことで、到達点と思われる所にあるのは答えではなく、状況もしくは今のところ、これですと伝えているだけだ。

これを若者、子供がやると、それが正解などと思ってしまう。無知とはたいしたものなのである。

企業、会社でもパソコンは必需品である。一人のデスクに一台パソコンがあり、それにむかってキーを打つことが大半のビジネスマンは仕事と錯覚している。そんなもん仕事であるわけがない。なぜならキーを打って、何かに引っ張られているだけだからである。

仕事にとって一番大切な情熱、誇り、個性がパソコンの中に隠れているはずがない。

世界を変える素晴らしいアイディア、そして誤りを発見し修正できる能力はすべて、人間の本能に近い部分への刺激から誕生する。

朝から晩までパソコンの中にある情報、状況に身を置くことは間違いなのである。

そんなものはコンピューターにさせておけばいいのである。

では肝心は何か？

五感で目の前の世界を読み、判断し、何をすべきかを決定していくことだ。

「五感ですか？」

そうです。文字を自分の手で書き、書きながら思考をくり返して行き、壁にぶつかればそこでまた考え続ける。誰も引っ張ってくれない行動の中にだけ、個性、次代をより良くする道への扉、鍵が隠れているのである。

若い人に
数値とは違うものが世の中にあることを
わかってもらわねば

働くとは何か？

己の手で何かを獲得することが、社会の、人々の糧《かて》となっていることである。

では糧とは何か？

簡単に言えば、人が食べていけるもの、人々が生活できるものだ。

「お金のことでしょうか？」

それは違う。金銭は、糧をカードに置き換えているようなものだ。

カードは数値として大小が出るが、糧は必ずしも多い少ないで判断できるものではない。そこに糧というものの正体の見えにくい点があり、曖昧に思える弱点がある。

〝真の力は見えにくい〟と言う。私も若い時にそう聞かされて、何を言ってるのかさっぱりわからん、と思った。

自分が懸命に働いたことで生じた糧がどんなものか、明確に見えないのである。

解り易いのは、数字であり、カードにあると若い人が主張するのは当然だろう。

収入の高がボクの、ワタシの、働いたことを証明していると断言する若者もいる。

果してそうだろうか？

やはり若い時に、私の周囲にも、若くして思わぬ収入を得た者がいた。チヤホヤされ、バカな女どもは寄って行くし、果ては世界は俺の物だと豪語していた。しかし何年かすると、そういう連中は必ず消えるか、果ては詐欺まがいのことを続けて終った。

聳《そび》える木には人知れない努力がある

巨人軍のスプリングキャンプのはじまりの恒例は長嶋茂雄の囲み取材だった。

「ミスター、今年は三冠王に挑みますか？」

「いいですね。三冠王のついでにベストナインをふたつ、みっつ目指して六冠王になりたいね」

「ハッハハ（そりゃ無理でしょう）、さすがミスター」と記者は嬉しがった。

深夜、マスコミの姿が消えると長嶋茂雄の部屋から異様な風に似た音がした。一時間、二時間、その異様な音は鳴り止まなかった。

長嶋が半裸の姿で部屋でバットスイングをしていた。一度スイングを開始し、そこに彼なりのイメージが湧き出すと、時間も早春の寒さもこの人には無関係だった。上半身からほとばしる汗を拭ぐおうともせず長嶋は薄闇の中でバットスイングを続けた。同宿の選手は起き上がればあの凄じいスイングで頭を飛ばされるのではないかと蒲団に潜ったまま夜明けをむかえたという。

翌朝、マスコミに囲まれて長嶋は言った。

「キャンプ初日、目覚めはいかがでしたか」

「いやよく眠むれた。春だね。春眠、アサツキを覚えずですか。いいね」

大きくなる樹木は人の目に見えない所で懸命に、その根を幹を強靱にしようとしているという。

追悼エッセイ④

人のために全力で怒り、哀しむ男だった

佐治信忠（サントリーホールディングス代表取締役会長）

伊集院さんには、２０００年から、当社の新聞広告「新社会人」「新成人」に向けたメッセージ原稿を毎年執筆頂いたが、個人的なお付き合いは、それ以前からだった。'16年から'17年にかけて日本経済新聞紙上で、当社の創業者・鳥井信治郎を主人公にした小説『琥珀の夢』を執筆頂くなど、更に関係が深まった。

よく一緒に飲みに出かけたが、最初から馬が合い、気心の知れた友人同士という関係を超えて、お互い血を分けた兄弟のような、特別な絆を感じていた。

一度だけサントリーのラグビーチームの試合観戦をご一緒したのだが、熱くなって大声で応援する私の姿を見て、「仕事に関しては〝平成の名将〟とさえ呼ば

れている人物が、ことラグビーに関しては、〝品性〟を自宅に置いて出てくるのか」と、『週刊現代』のエッセー「それがどうした　男たちの流儀」で、書かれてしまったことも懐かしい思い出だ。

反骨精神に富み、どんな相手に対しても、全力で怒り、哀しむ。ハガネのような強い精神で自身の信念を貫く、最後の無頼派と呼ばれるにふさわしい作家だった。一方で、常に相手に対する思いやりを忘れず、優しさに満ちていて、人の心を魅了してやまない人間だった。

「新成人」向けメッセージでは、インターネットが普及した'11年に、

「この国以外の、風の中に立ちなさい。世界を自分の目で見ることからはじめなさい。そこには君がインターネットやテレビで見たものとまったく違う世界がある。目で見たすべてをどんどん身体の中に入れなさい」

と、自らの五感を使って体感することの重要性を説いていた。

大病から回復して、本質を摑む力に溢れた、彼の言葉に触れるのを楽しみにし

ていたのに残念でならない。もう一度ゆっくりグラスをかたむけて、「伊集院の流儀」を聞きたかった。

ご冥福を心よりお祈りします。

追悼エッセイ⑤

できるなら会って伝えたい「ダメじゃないですか師匠」

大友康平（ミュージシャン）

伊集院静さんは俺にとってはスーパースターで、鉄人。俺は「師匠」と呼ばせていただいています。

師匠との出会いは、ある人の紹介です。六本木の小料理屋でお会いしたのが最初でした。自分というものを持っている、ゆるぎのない男という感じがしました。

一番の思い出は東日本大震災のとき、一緒に『ハガネのように　花のように』という歌を作ったことです。ご自身も被災され、そのときの様子を綴った記事を読み、「いまこそ、歌を作らなくては」と実感。すぐに電話をして、「歌を作りましょう」とお願いしたのです。

するど、「わかった。俺が歌詞を書くから、君は曲をつけなさい」と言ってくれました。でも、俺は曲を書けません。「師匠、俺、曲書けないんですよ。俺は詞だけなんです」と伝えると、「そうか。困ったな。とりあえず、ファックスを送るから」と一言。その日のうちに「ハガネのように強い精神と　咲く花のようなやさしいこころを持って　手をつなぎ合ってともに歩いて行こう」という散文詩が届きました。

それをもとに作詞をスタート。その日のうちに1番と2番の詞ができたんです。よく作詞をしていると「詞が降りてくる」というような表現をする人がいますが、俺はそんなことは一度もありませんでした。でも、あのときだけは本当にスッと降りてきたんです。曲の冒頭の「灰色の街にも星は降りそそぐ」というフレーズは、師匠が「震災のあった日の晩は、すごく星空がきれいで空気が澄んでいた」と書かれていたことを思い出し、頭に浮かんだのです。

すぐに見てもらいたくて、銀座で食事をしていた師匠のところに持っていくと、「素晴らしい。おまえ、すごいな！」って。文章を書く人から褒められたのは、自分の中での勲章です。

お会いするときも、電話で話をするときも、最初にかけてくれる言葉は決まっていました。「お母様は元気なのか？」「奥さん、大事にしているか？」。必ずその二つは聞かれました。そして「はい、おかげさまで元気です」と答えると、「そうか、良かった」と言ってくれました。そういう意味では、師匠は一つだけ、親不孝をしましたね。「人間の最大の親不孝は親より先に死ぬことだ」といつも言っていましたから。ダメじゃないですか。あまりに早すぎましたよ。

第五章

大人の役目を果たしなさい

鮨屋に平気で子供を入れ、
平然と鮨を握る店や主人がいる。
呆れはてる

勿論、子を連れてきた母親なり、父親（時々、祖父母）が非常識なのだが、やはり店が子供は追い出すべきだろう。

大人が二人、何年振りかで鮨屋で逢い、

――そうか、おまえと逢って飲むのも、今夕が最後になるかもしれないのか……。

とそういう事情で大人の男が酌交している隣りで、ガキが、

「トロ握ってよ、サビ抜きで」

と言いやがったら、地球上に何人ほど大人の男がいるのかは知らぬが、無条件でそのガキの頭を引っぱたくのは自然なことだろう。

第一、手の届くところに刃物がある場所に子供を置く親があるか。突然、鮨屋の主人が発狂したらどうするのか。

人には年相応のものと接しなくてはならない社会の規範がある

電車のグリーン車に、ディズニーランド帰りの子供を連れて乗って来る若い親は、やはり愚かなのである。

グリーン車は普段、社会のために懸命に働いている人たちがしばし休むためにあり、きちんとした仕事をして来て、今は高齢になり、ゆっくりと電車の移動をする人たちが乗るものなのである。

電車に乗る姿勢もそうである。ふんぞり返って足を伸ばし、ゲームをやっている若者を見ると、ピンポイントでこの若者の頭の上にボーリングの玉が落ちて来ないものかと思ったりする。

若者と書いたが、私が電車などで見かける彼等は実は十分、大人の男なのである。

金は払ってるんだから、と言う輩がいる。

実際、電車の中で注意して、そう言われたことがある。私は言った。

「金を払ったから何だと君は言うんだね」

「金を払ってるんだから、ここでどうしようとかまわんじゃないのか」

「たかだか金を払ったくらいで、好き勝手ができる場所が社会のどこにあるんだ。好き勝手したいなら、この車輌ごと切符を買ってやれ。いや通り抜ける時におまえのような奴を目にするのは気分が悪いから、列車ごと買い切ってやれ」

私は逆上すると見境いがなくなる。

金で買えないものはない、と堂々と言い、それを信じているバカがいる。

私に言わせると、金で買えるようなものは碌《ろく》なものではあるまい、となるが、そう言っても理解できまい。

「我家は我家のやり方があるんだ。
他の家とは違うんだ」
はっきりそう言いなさい

子供が家の事情を知らぬことは、社会に出てからどこの家も同じようだったに違いないと誤解し、大恥をかくことになる。

ともかく子供の言うことは、いっさい聞かない方がいい。いちいち聞いてたら碌《ろく》なことはない。

〝親子でじっくり話し合って下さい〟

バカ言ってるんじゃない。

子供が父親と話をするのは、生涯で数度でイイと私は考えている。

第一、脈絡を持たない子供が、忙しい父親と何の話ができるのだ。

子供は父親をただ観察して、大人の男というものがどんなものかを理解して行くものである。それで十分である。

一家団欒《だんらん》と言うが、そんな時間が一年の内に初中後《しょっちゅう》あったら、その家はおかしい。

だいたい休みが多過ぎる。

子供は土、日曜日も学校に行って遊んでりゃいいのと違うのか。

何、塾へ行かせる？　一流大学に入れて社会に出す。そういう時代がいつまで続くと思ってるのかね。

叱ることが面倒なのは、最初からわかっていることだ

叱られたことは、忘れないとも言う。

叱られたことは、身に付くとも言う。

ではなぜ、この頃、叱ることが主流ではないのか。

私の想像では、叱ることが面倒だからではないかと思う。さらに言えば、叱ることで、相手から嫌われたくないからではないか。

叱ることが面倒なのは、最初からわかっていることだ。叱ることには責任がともなうからである。

叱るよりソフトな行為に、注意、忠告があるが、これさえも今は流行らないと言う。

私は、若い人（だけでなくとも）へ、注意、忠告するのは、大人の義務だと考えている。

赤ちゃんは〝泣くのが仕事〟と母親から教えられた

年の瀬、生家に帰省する折に乗った飛行機でも、右と左が赤ちゃんを抱いたお母さんだった。私は少し緊張した。無垢な赤ちゃんのすぐそばに、私のような毒の固まりのような男がいて、大丈夫なのだろうかと思った。

その折も、飛行機が少し揺れて、合唱隊の真ん中に座ることになった。両方のお母さんが小声で、すみません。いや大丈夫ですよ。

前のシートの若者が、うしろを振り返り、迷惑そうな目をした。

――コラコラ、そういう目をするんじゃないよ。君たちも赤ちゃんの時があったんだろう。オジサン怒るよ。怒らしたら君たち泣くことになるよ。

新しいものを受け入れること、
美しいものを誉めることは
大人の役割である

以前、ヨーロッパを旅していて建築、橋梁、道路などを見て工業デザインがすぐれている国はやはり国力が強靱であった。ギルド制度の名残り、職人たちの精神に通底しているものもあろうが、やはり美しいものは大人が子供に教えてやらねばならない。

子供は国の明日の力そのものである。

どれだけ国がゆたかになっても次世代、その次の世代がきちんとした精神を持ち、物事を柔軟に受容し、そこから皆のためになる行動、発想を起こすことができなくては、数年で国家は傾く。

子供にいかなる環境を与えるかは次の国力の決め手になる。やさしいとか、ゆとりとかでは話にならない。晴天と同様に雨、風、嵐さえ必要なのが人を育む道である。子供には酷だがポカポカ陽気で気持ちイイでは役に立たない。寒い、痛い、辛い、苦しいが必須だ。

親が子供にする最後の教育は、
彼、彼女の死である

親が子供に対してできる教えや、教育はさまざまだが、〝親が子供にする最後の教育は、彼、彼女の死である〟と言う人がいる。

つまり自分が死ぬことで、そこで初めてはじまり、初めて教えることができる教育があると言うのである。この教育の意味も、私は今まで何度か実感しているが、

——そうか、このことを父は私に言おうとしていたのか……。

と初めてわかる教育は大変、意味深いものであったりする。

父と子であれ、母と娘でもかまわぬが、人の死はテキストや教科書とは違い、寡黙の中の言葉であるから、人々の内面にたしかなものを刻むらしい。

「いいか、失敗、シクジリなんて毎度のことだと思っていなさい。倒れれば、打ちのめされたら、起き上がればいいいんだ。そうしてわかったことのほうが、おまえの身に付くはずだ。大切なのは、倒れても、打ちのめされても、もう一度、歩きだす力と覚悟を、その身体の中に養っておくことだ」

いずれにしても生半可なものは少ないのである。

己以外の誰か、何かを
ゆたかにしたいと願うのが
大人の生き方ではないか

かつて私は松井秀喜さんの半生を取材し、それをアメリカで出版したことがあった。

取材で得たものにはいくつもの輝くものがあったが、私が印象に残ったもののひとつに中学野球部の高桑コーチの思い出がある。

「中学三年の最後の試合が夏に終って、僕は部室に置いていた野球道具を取りに行ったんです。夏休みで、チームも数日練習が休みになるんです。部屋を出ようとすると、誰もいないはずのグラウンドにぽつんと人影が見えたんです。あれっ、誰だ？　何をしてるんだ？　とよくよく見ると、監督が一人でグラウンド整備をしてるんです。炎天下で一人っきりです。そうか監督は毎年、こうしてたんだ、と思うと黙ってお辞儀をして帰りました」

監督いわく、「何でもないことです。グラウンドを整備しながら、新チームはどんなふうにしたいとか思うんです。それに石コロひとつで選手に怪我をさせたくありませんから」。

世の中は、目に映らない場所で、誰かが誰かのためにひたむきに何かをしているものだ。

目を少し大きく見開けば、そんなことであふれている。今は目に見えずとも、のちにそれを知り、感謝することもあるのだろう。己のしあわせだけのために生きるのは卑しいと私は思う。

追悼エッセイ⑥

カッコつけてたけど、根は繊細だった

横山忠夫（元プロ野球選手）

学生の頃の伊集院を知っている俺からしたら、あいつが作家然として振る舞って、若者に説教しているのを見ると、何をカッコつけてやがると思ったこともあるよ。

立教大学の野球部に入部して伊集院と出会った。俺と同じくらい身体がデカかったし、バッティングもそれなりに飛ばしていたから目についたんだ。

俺たちがいた頃の野球部は本当に厳しかった。罰則で走らされたり、殴られたり。だから伊集院ともいい思い出がたくさんあるわけではない。

よく覚えているのは、ある日の夜9時頃、伊集院に寮の玄関に来てくれと呼び出されたときのこと。「これを見てくれ」とノートを差し出された。何だろうと思って見たら、月がどうのこうのとか、星がどうのこうのとか書いた詩だった。俺は厳しい練習で毎日が精いっぱいなのに、こいつはよくこんなものが書けるなと驚いた。変わった奴だなと思ったことを今でも覚えている。

2年生になると、伊集院は突然、野球部をやめてしまった。奴は肘を痛めていた。そのために野球に見切りをつけたのだと思う。

仲良くなったのはむしろ大人になってからだった。俺はプロ野球をやめて修業して、うどん屋を出した。それから2〜3年後に伊集院が突然、店に来たんだ。ひっそり裏口から入ってきて、スカしてやがった。でも話したら意気投合したんだ。

俺がまったく気を遣わなかったから、伊集院もラクだったんだろう。

それから野球部のOBで集まったり、あいつも居場所を見つけたようで嬉しそうだった。

元巨人軍監督の堀内恒夫さんが参議院議員になったとき、池袋のホテルメトロポリタンで祝賀会をすることになり、俺が長嶋茂雄さんと伊集院を呼んだ。長嶋さんが途中で帰られるというので、俺は玄関で一緒に車をお待ちしていた。そうしたらちょうど伊集院も帰るところだった。

俺は長嶋さんに「こいつは俺と同期なんですよ」と説明した。するとあの長嶋さんが大慌てで俺を手で制しながら、「先生に『こいつ』はダメだよ」と言った。どうも長嶋さんと伊集院は何度か会ったことがあるらしい。あんなに慌てた長嶋さんは見たことがなかった。そのとき「伊集院も大したものなんだな」と見直したよ。

それでも死んだって、俺にとって伊集院は「こいつ」だよ。きっとそのほうが喜ぶだろう。

第六章

理不尽なことに出逢ったら

生きる意味なんぞ、
誰か暇な奴が考えればいいの

哲学者とか、競輪場のガードマン（最近、客がガラガラなので）とか……。

生きることにいちいち意味を求めるのは、鮨を喰うのに、ミッシュランとかいう馬鹿な星がふたつもついてる鮨屋のトロだから、うん、やはり美味い、といちいち御託言いながら鮨を食べる阿呆と一緒でしょう（タイヤ屋に鮨がわかるか。若い奴に鮨がわかるものか）。

美食家？　食べ物のコウシャク言うんなら五十年、一財産喰ってから言え。

理屈は、やることをやった後での無駄口の類いのものだ

失恋は、そりゃしないで済んだ方がイイに決っているが、失恋をした人間の方を、私は信用する。

色男や、ボンボンは、なぜ失恋をした方がよいのかをわからず、バカのまま一生を終える。甘チャンの人生なのだ。なぜ甘チャンか？　それは苦味《にがみ》の味覚を知らないからである。

料理にとっても、酒にとっても、苦味が上質への必須条件である。口にするものでさえそうなのだから、ましてや人の生き方であるならなおさらである。

若い人から（子供でもいいが）、何か一言と頼まれると、男子なら〝孤独を知れ〟と書くことがある。

人と人の間と書いて人間だ、わかるかね？　と口にする人がいる。何を言ってやがる。

それは理屈で、道理、真理とかけ離れたものである。

少しとぼけて生きることは大切である

——この夏、何かイイコトがあったか？

私は六十歳を過ぎて楽天的に生きるようにしたから、イイコトはいろいろあった気がする。

気がするのは、ボケが入ったこともある。

お笑いのボケではない。あのボケには〝突っ込み〟なるものがあると言う。〝突っ込み〟と言う言葉に、芸人の卑しさが漂う。しかし卑しさは芸人の根である。そこがイイのではなかろうか。

職業というものは、要は覚悟である。

人は寿命で、この世を去るのである

人は病気や、事故でこの世を去るのではないと私は思っている。人は寿命で、この世を去るのである。人の死は、生きているその人と二度と逢えないだけのことで、それ以上でも、以下でもない。生きている当人には逢えないが、その人は生き残った人たちの中で間違いなく生きている。

悲しみにも必ず終りがやって来る

気を病んでも人生の時間は過ぎる。明るく陽気でも過ぎるなら、どちらがいいかは明白である。

私たちはいつもかつもきちんと生きて行くことはできない。それが人間というものである。悔むようなこともしでかすし、失敗もする。もしかするとそんなダメなことの方が多いのが生きるということかもわからない。

私が言っている〝追いかけるな〟というのは、いつまでもつまらぬものにこだわるな、という意味合いの方が強い。

今は切なくとも〝悲しみにも必ず終りがやって来る〟という言葉を私は信じている。

理不尽がまかりとおるのが世の中だ

力を持つ者が手の上に白い玉を載せて、

「これは黒だよね？」

と訊く。誰が見ても白い玉を見て、

「はい、それは黒ですね」

と返答しなくてはならぬ時が人生にはいくどとなく訪れる。我慢して応え、それで済むなら応えるのが世間でもある。


ところが長く会社を支えていた商いのやり方や、商店を支えていた商品が、或る日突然、まったく違うものの出現ですべて喪失することが起きるのが世の中である。

世界市場の変化、国のやり方、……さまざまな理由があるにせよ、お先真っ暗なことが起きるのが現実だ。この数年の建設業の下請けがそうだろう。

その時、〝そんな理不尽な……〟などと言ってはいられない。なったものは受け入れて、〝世の中に理不尽はある。これを機にこちらも改革し、たちむかおう〟と、すぐに対処できるかどうかは、その人たちが理不尽を知っていたかが決め手になる。

二枚目というのは、なぜあんなに薄っぺらに見えてしまうのだろうか

二枚目はバカな振りをしておいた方が何かとイイ。そうでなければ、彼等の腹を開いてみればわかる。見られたもんじゃない。

年老いた二枚目はどこか悲しく映る。同じ字でも哀愁であればいいが、二枚目がジジィになると、やはり切なさが漂う。その点三枚目は年を取れば〝味が出る〟。若い時の口惜しさ、苦労が報われる。

先日、銀座の酒場で言われた。

「伊集院さんって、二枚目のことを書くと必ず怒ってますよね」

「そうですかね」

「間違いなく怒ってます。嫌いなんですか、二枚目？」

「好きじゃないね。バカか腹黒だから」

「ほら、もう怒ってる」

――たしかに本当だナ。

怒りは、その人を成長させたり、
新しいものに挑んだりする精神を養う

パリはあちこちの店のショーウィンドウが破壊されていた。大きなデモと暴動の名残りである。見ていてやはり痛々しかった。

フランス人はまだ怒りの感情をどこかに隠し持っているのだろう。

それは、この何十年間で日本人が喪失してしまったもっとも手放してはいけないもののひとつのような気がする。なぜ日本人は憤怒を捨てたのか？　怒りの感情の中には、その人を成長させたり、新しいものに挑んだりする精神が養われるように思うのだが……。

人間が生きるということは、
どこかで過ちを犯すことが、
その人の意思とは別に起こる

私の母は、私を育てる上でいくつかの約束を少年の私にさせた。

「もしあなたの目の前に、人を殺《あや》めた人が捕縛されて、見せしめに大通を歩かされていても、決して石を投げたり、〝人殺し〟などという言葉を言ってはいけません。人間は何かの事情で人を殺めることがあるのです。それが大人になったあなたや、あなたの子供であることが必ずあります。人を悪く言うことは空にむかって唾を吐いているのと同じです」

私はこの教えを守って来たつもりだ。

私は智者にはほど遠いが、
流言を自ら止めることを守っている

私の同級生の一人に、あいつのオヤジは人を殺した、という噂が出て、私は驚いた。友だちの家が母子家庭であるのは父親が刑務所に入ってるからと、誰がどうこしらえたのか（バカな大人の噂話を子供が聞いたのだろう）、教室で声をひそめて皆その話をしていた。

その日、家に帰り、その話を母にした。

母は裁縫していた手を止め、私の手を強く引っ張るようにして怖い顔で言った。

「そんなことがあるわけないでしょう。あなたは△△君を知ってるのだから、ちゃんと違う、と言ってあげたの？」

「…………」

私はうつむいた。母の言う、そういう考えを、その時は思いもしなかった。

「△△君とお母さんが可哀相でしょう」

彼の母親は、時折、手籠に入った和菓子を行商のようにして売っていた。母は、大変ね、と言いながら、それを買っていた。仲も良かったのだろう。

「もう二度と、人と一緒になって、そんなことを言わないと約束してちょうだい」

「わかった」

「よく覚えておくのよ。誰かを悲しませる嫌な話や、噂話があったら、あなたの胸で皆止めるの。この先ずっとそうして下さい」

以来私は、他人の噂話はいっさいしない。雑誌の中傷記事も読まない。

その類いのことに徹して来たら、普段どんなに人柄の良い人であっても、噂話をしている時の彼等の顔がなんとも醜いとわかった。

数十年過ぎて、本を読んでいたら、

『流言《りゅうげん》は、智者に止《とど》まる』（荀子）の一行を見た。

――なるほど昔からこういう考えがあったのか、と感心した。

伊集院さんが感じていた「違和感」

阿川佐和子（作家）

「いいか、ゴルフは遊びだ。真剣にやれ！」

そう言って伊集院さんは、私を笑わせ、励ましてくださいました。

私は51歳にして遅まきながらゴルフを始めたのですが、当時の出版社のコンペは年配の厳しい作家が多く、とても怖い雰囲気がありました。「女とゴルフをするつもりはない！」とはっきりおっしゃる方もいましたしね。

そうしたなか、伊集院さんは、私の下手くそを面白がってくださったのか、本当に丁寧に指導してくださいました。

とあるコンペで「アプローチはテニスのボレーと同じように」なんてアドバイ

スをいただいて回ったら、ハンデもたくさんあったものですから、上位に入ることができた。

表彰式でその御礼を話していたら、会場から「コンペ中に指導を受けるのはいいのか！」と野次が飛んだんです。伊集院さんは隣で「気にすることはない！」と小声でかばってくださいました。

それからなにかと面倒を見てくださった。グラフィックデザイナーの長友啓典さん、カメラマンの宮澤正明さんと回ったときに、「この4人はいいな！」と仰って、月1回ゴルフをするように。お付き合いが深まりました。

私の父（作家・阿川弘之）が亡くなった後に、とある名門コースを一緒に回っていた時のこと。そのコースは認められた場所以外での携帯電話の使用が禁じられていました。でも、カリフォルニア在住の恩人から、お悔やみの電話がかかってきて、私がつい出てしまった。それを見たキャディさんが私をたしなめようとするのを、伊集院さんは「まあまあまあ」と止めてくださったんです。

伊集院さんには無頼なイメージがあるかもしれませんが、むしろものすごく律儀な方です。そこには伊集院さんなりの道理があった。恩になった人は絶対に裏切らない。私のことも「あんたのお父さんにはお世話になったから」と言って、ずっと面倒を見てくださいました。

今は人が一度でも失敗したら、地獄の底まで叩き落とすような世の中です。一方で、メディアが褒め称える人を、みんなして称賛する。伊集院さんはそんな風潮に、一貫して違和感を抱いていらっしゃいました。外野からいろいろ言う人もいましたけれど、読者にはわかっていたんじゃないでしょうか。「伊集院さんはブレない人だ！」って。私も最後まで週刊誌の連載を楽しみに読みました。

私にとって伊集院さんは、ゴルフの師匠であり、生きる上での頼りになる兄貴でした。

第七章

サヨナラが教えてくれること

哀しみをやわらげてくれるのは、
一番は時間である

〝時間がクスリ〟とはよく言ったものだ。

とてもではないが、こんな苦しみ、痛みからはどうやってものがれられないと思っていたことでさえ、一年、三年、十年と歳月が過ぎれば、笑うことも、空にむかって伸びをして、さあ今日もガンバルゾ、とできるようになる。しかしそれは哀しみを忘れたことではない。起こってしまったことは、その人の身体のどこかに残っている。

歳月が、時間が、生きる術を身に付けさせたのである。

たとえ赤ん坊であっても、誕生したものには、必ず喜びがあったはずだ。三歳に満たない赤チャンでさえ、喜びが、四季があるのが、人間の生だと思っている。

人間は、事故や、病気で死ぬのではなく、寿命が死を迎えさせるとも書いた。

そう考えないと、別離して行った人たちの生が切な過ぎるし、その人たちの生の尊厳を失う。生きているというだけで、讃えられるべきものが生だとも思っている。

世の中は、
不幸の底にある者と
幸福の絶頂にある者が
隣り合わせて立つものだ

だから大人の男はハシャグナというのだ。

夜、酔って大声で歌ったり、口笛を吹くなというのは、そういうことを戒めるために教えられてきたことなのだ。

人間の死の迎え方はさまざまであるが、尊ばれるべき立場にあるのは、その家族、近親者である。彼等に対する礼儀を外すことはやはり人間として許されるべきことではない。

悔みの言葉も態度もどんなに慎重に選んでも、近しい人を失くした人にはおそらく足りないのが気遣いである。

幸せのかたちは共通点が多いが、哀しみのかたち、表情はひとつひとつが皆違っているし、他人には計れないということを承知しておくことだ。

それがたしなみである。

肝心はともに生きた時間であり、
さらに言えば今日でしかないだろう

人は誰でもいずれこの世から居なくなる。これだけがわかっていることだ。

——魂《たましい》は永遠だから……。

魂？　バカを言いなさんな。そんなもの見たことはない。永遠？　気持ちの悪い言葉を使わんでくれるか。この宇宙とてやがて消滅すると言うじゃないか。

ふしあわせのかたち、情景は
同じものがひとつとしてない

しあわせのかたちは、どれも一様に似かよっていることがあるが、哀切、苦悩と言った、一見ふしあわせに映る人々のかたちは、どれひとつ同じものがない。

私は花火を見るのが苦手である。

それは、前妻と、最後に見たものが、花火だったからである。

彼女を抱きかかえて病室の窓辺に行き、二人してしばらく花火を眺めた。

「ありがとう、もういいわ」

と彼女は言い、私はベッドに移した。

彼女が目を閉じたので、病室の電気を暗くした。それでも病院のすぐ近くで花火が打ち上げられていたので、その爆音と、夜空を焦がす光彩は、容赦なしに病室に飛び込んでいた。彼女の耳にそれが届いていないはずはなかった。

——あんなに花火が好きだったのに……。

私は外カーテンを閉じ、ベッドサイドの椅子に座った。沈黙した部屋に花火の音だけが聞こえていた。

――早く終ってくれないか。

その時、私の脳裡に花火を見上げて、嬉しそうに笑っている若い男女の姿など想像もできなかった。

圧倒的な数の花火の見物客。彼等にとってその夏は忘れ得ぬしあわせのメモリーかもしれなかったろう。

しかしそのすぐそばで、沈黙している男女が存在するのを知る人はいない。それが世の中というものである。

人の死は、残った人に、
ひとりで生きることを教えてくれる

弟を、前妻を亡くした時、同じような立場の人が世間に数多くいるのを知った。

それでもこの頃、私の拙いエッセイを読んでラクになったと言われる。そういうつもりで書いた文章はひとつもないのだが、もしかして私の文章のそこかしこに、別離への思いが見え隠れしているのかもしれない。

「近しい人の死の意味は、残った人がしあわせに生きること以外、何もない」

二十数年かけて、私が出した結論である。

——そうでなければ、亡くなったことがあまりに哀れではないか。

一人の人間の死は、残されたものに何事かをしてくれている。親の他界はその代表であろう。家人と彼女の両親の在り方を見ているとそれがよくよくわかる。

「時間が来ればすべてが解決します。時間がクスリです。それまでは、踏ん張り過ぎなくてもいいから、ちいさな、ごくちいさな踏ん張りで何とか生きなさい。踏ん張る力は、去って行った人がくれます。大丈夫です」

まるで宗教家か、詐欺師のような文章だが、他に言いようがない。

人の死は、残った人に、ひとりで生きることを教えてくれる。それを通過すると、その人は少しだけ強くなり、以前より美しくなっているはずだ。

人間は誰かをしあわせにするために
懸命に生きるのだ

私が病室に入る度、彼女は私を笑って見返した。どんな時でも笑っていた。

あの笑顔は、彼女が楽しくて、そうしていたのではないはずだ。

彼女は私の気持ちを動揺させたり、落ち込ませまいと病室で決心をしていたに違いない。そうでなければ、まだ二十歳代の若い娘が、苦しい時、嘔吐《おうと》を繰り返していた時でも、私が病室に入ると笑ってくれていた。

「そんなことができるはずがない」

私は雨垂れを見ながらつぶやいた。

――あの笑顔は、すべて私のためだったのだ。

彼女は自分が生きている間は、このダメな男を哀しませまいと決心していたに違いない。

たとえ何歳で〝生〟を終えようが、
その人なり、その子供なりの
まぶしさがある

私は、弟とも妻とも若い時に別離せねばならなかったので、近しい人が、亡くなった方のことをしみじみと思い返される姿を、佳《よ》い姿だと思っている。追憶は切ないが、誰かがずっと忘れずにいることが〝その人が生きていた証し〟と思っている。

出逢ったことが
生きてきた証しであるならば、
別れることも生きた証しなのだろう

私は日本にいる我家の犬のことを思い浮かべた。水平線のむこうに、私のバカ犬の悪戯好きの瞳があらわれた。

いかなる別れになるのか、今は想像はつかないが、それを受けとめるのも生きものと暮らすことなのだろう。

自分が人間であったことを悔むかもしれない。それでもこうして今、一人と一匹で深夜いることが何より大切なのだろう。

別れが前提で過ごすのが、私たちの〝生〟なのかもしれない。

出逢えば別れは必ずやって来る。

人はそれぞれ事情をかかえ、平然と生きている

私は病院で前妻を二百日余り看病した後、その日の正午死別していた。家族は号泣し、担当医、看護師たちは沈黙し、若かった私は混乱し、伴侶の死を実感できずにいた。夕刻、私は彼女の実家に一度戻らなくてはならなくなった。

信濃町の病院の周りにはマスコミがたむろしていた。彼等は私の姿を見つけたが、まだ死も知らないようだった。彼等は私に直接声をかけなかった。それまで何度か私は彼等に声を荒らげていたし、手を上げそうにもなっていた。

私は表通りに出てタクシーを拾おうとした。夕刻で空車がなかなかこなかった。

ようやく四谷方面から空車が来た。

私は大声を上げて車をとめた。

その時、私は自分の少し四谷寄りに母と少年がタクシーを待っていたのに気付いた。タクシーは身体も声も大きな私の前で停車した。二人と視線が合った。

私も急いでいたが、少年の目を見た時に何とはなしに、二人を手招き、

「どうぞ、気付かなかった。すみません」

と頭を下げた。

二人はタクシーに近づき、母親が頭を下げた。そうして学生服にランドセルの少年が丁寧に帽子を取り私に頭を下げて、

「ありがとうございます」

と目をしばたたかせて言った。

私は救われたような気持ちになった。

今しがた私に礼を言った少年の澄んだ声と瞳にはまぶしい未来があるのだと思った。


あの少年は無事に生きていればすでに大人になっていよう。母親は彼の子を抱いているかもしれない。

私がこの話を書いたのは、自分が善行をしたことを言いたくて書いているのではない。善行などというものはつまらぬものだ。ましてや当人が敢えてそうしたのなら鼻

持ちならないものだ。

あの時、私は何とはなしに母と少年が急いでいたように思ったのだ。そう感じたのだからまずそうだろう。電車の駅はすぐそばにあったのだから……。父親との待ち合わせか、家に待つ人に早く報告しなくてはならぬことがあったのか、その事情はわからない。

あの母子も、私が急いでいた事情を知るよしもない。ただ私の気持ちのどこかに――もう死んでしまった人の用事だ。今さら急いでも仕方あるまい……という感情が働いたのかもしれない。

しかしそれも動転していたから正確な感情は思い出せない。

あの時の立場が逆で、私が少年であったら、やつれた男の事情など一生わからぬまま、いや記憶にとめぬ遭遇でしかないのである。それが世間のすれ違いであり、他人の事情だということを私は後になって学んだ。

さよならも力を与えてくれるものだ

私は、これまでの短い半生の中で、多くの人との別離を経験してきた。

彼等、彼女たちは、私にサヨナラとは一言も言わなかった。

それでも歳月は、私に彼等、彼女たちの笑ったり、歌ったりしているまぶしい姿を、ふとした時に見せてくれる。

人の出逢いは、逢えば必ず別離を迎える。それが私たちの〝生〟である。生きていることがどんなに素晴らしいことかを、さよならが教えてくれることがある。

【著者略歴】

◉1950年山口県防府市生まれ。72年立教大学文学部卒業。

◉81年短編小説『皐月』でデビュー。91年『乳房』で第12回吉川英治文学新人賞、92年『受け月』で第107回直木賞、94年『機関車先生』で第7回柴田錬三郎賞、2002年『ごろごろ』で第36回吉川英治文学賞をそれぞれ受賞。

◉16年紫綬褒章を受章。

◉23年11月24日に逝去、享年73。

◉作詞家として『ギンギラギンにさりげなく』『愚か者』『春の旅人』などを手がけている。

◉主な著書に『白秋』『あづま橋』『海峡』『春雷』『岬へ』『美の旅人』『羊の目』『スコアブック』『お父やんとオジさん』『浅草のおんな』『いねむり先生』『なぎさホテル』『星月夜』『ノボさん』『愚者よ、お前がいなくなって淋しくてたまらない』『琥珀の夢』『作家の贅沢すぎる時間』『いとまの雪』『ミチクサ先生』『タダキ君、勉強してる？』『ナポレオン街道　可愛い皇帝との旅』。

初出　「週刊現代」2009年7月18日号～2023年12月16日号
単行本化にあたり抜粋、修正をしました。

N.D.C. 914.6　190p　18cm
ISBN978-4-06-535372-1

風《かぜ》の中《なか》に立《た》て―伊集院静《いじゅういんしずか》のことば―大人《おとな》の流儀《りゅうぎ》名言《めいげん》集《しゅう》

二〇二四年三月一一日第一刷発行

著　者　伊集院静《いじゅういんしずか》

発行者　森田浩章
発行所　株式会社講談社
東京都文京区音羽二丁目一二―二一　郵便番号一一二―八〇〇一
電　話　編集　〇三―五三九五―三四三八
販売　〇三―五三九五―四四一五
業務　〇三―五三九五―三六一五
印刷所　TOPPAN株式会社
製本所　大口製本印刷株式会社
定価はカバーに表示してあります　Printed in Japan